The Gingerbread Brother
El Hermanito de Pan de Jengibre

English and Spanish

Carmen Soriano-Garcia

ISBN 979-8-89309-515-9 (Paperback)
ISBN 979-8-89309-516-6 (Digital)

Copyright © 2024 Carmen Soriano-Garcia
All rights reserved
First Edition

All rights reserved. No part of this publication may be reproduced, distributed, or transmitted in any form or by any means, including photocopying, recording, or other electronic or mechanical methods without the prior written permission of the publisher. For permission requests, solicit the publisher via the address below.

Covenant Books
11661 Hwy 707
Murrells Inlet, SC 29576
www.covenantbooks.com

To my mama, papa, and my big brother with
love, gratitude, and admiration.
Also to my charming husband and our two precious
boys. You are my greatest treasure.

*A mi mamá, papá y hermano mayor con
amor, gratitud y admiración.
También a mi esposo encantador y a nuestros dos
hijos preciosos. Ustedes son mi mayor tesoro.*

The little old lady and the little old man lived happily ever after with their gingerbread boy in their home in the woods. Life was a dream come true.

La viejita y el viejito vivieron muy felices con su niño de pan de jengibre en su casa en el bosque. La vida era un sueño hecho realidad.

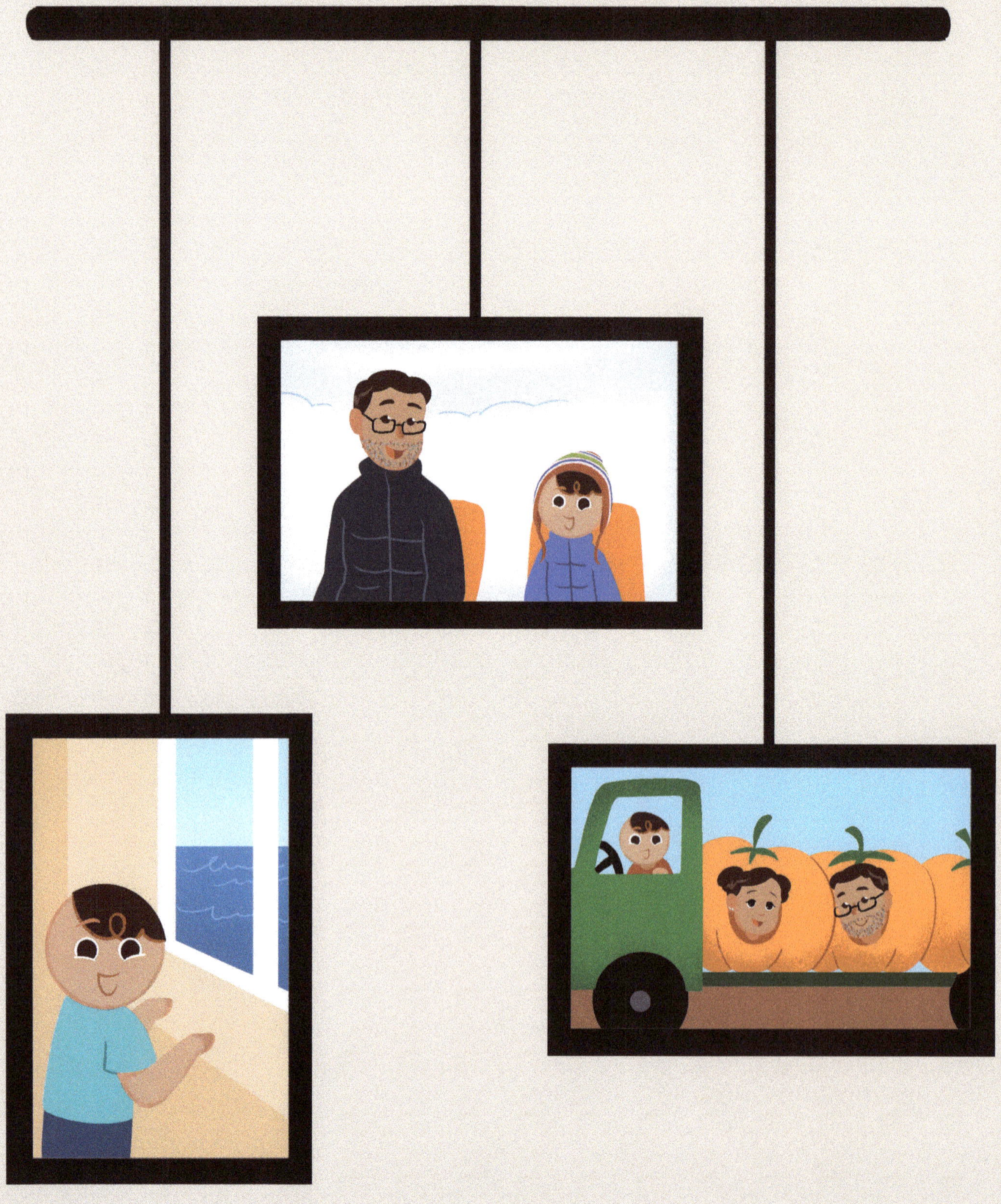

They enjoyed sledding and having snowball fights in the winter, flying kites, and riding bikes in the spring. Their summers were filled with trips around the world, and they had fun picking pumpkins while visiting the farm in the fall.

Les gustaba deslizarse por la nieve y tener peleas de bolas de nieve en el invierno, volar cometas y andar en bicicleta en la primavera, y sus veranos estaban llenos de viajes por todo el mundo. En el otoño, les encantaba cosechar calabazas mientras visitaban la granja.

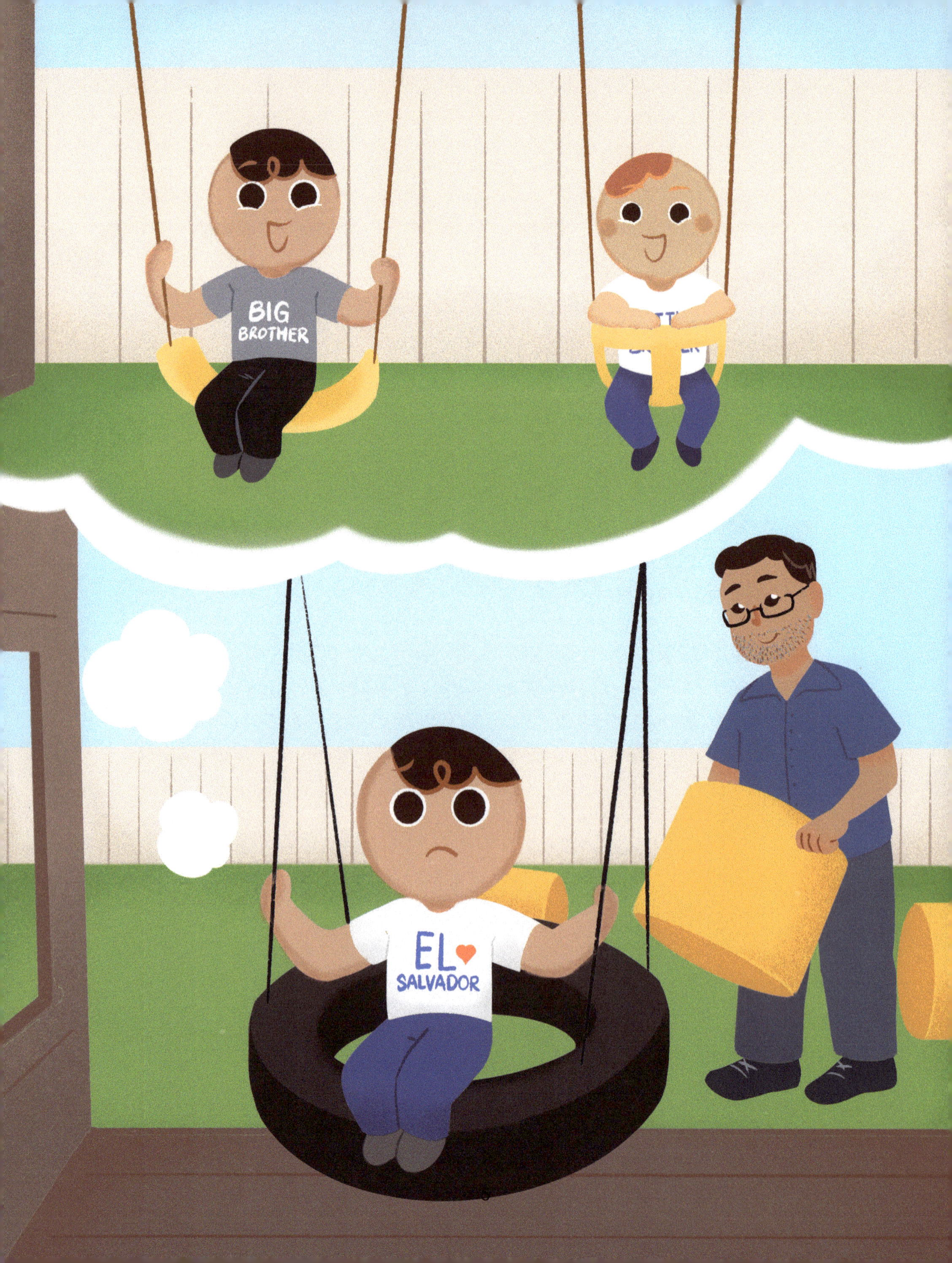
BIG
BROTHER
EL
SALVADOR

They loved their gingerbread boy so much that the little old man even built a playground in the backyard for their little gingerbread son. However, it was the gingerbread boy who began asking for a gingerbread brother of his own.

Amaban tanto a su niño de jengibre que el viejito incluso construyó un patio de recreo en el jardín trasero de la casa para su pequeño hijo de pan de jengibre. Sin embargo, fue el niño de jengibre quien comenzó a pedir un hermanito de pan de jengibre.

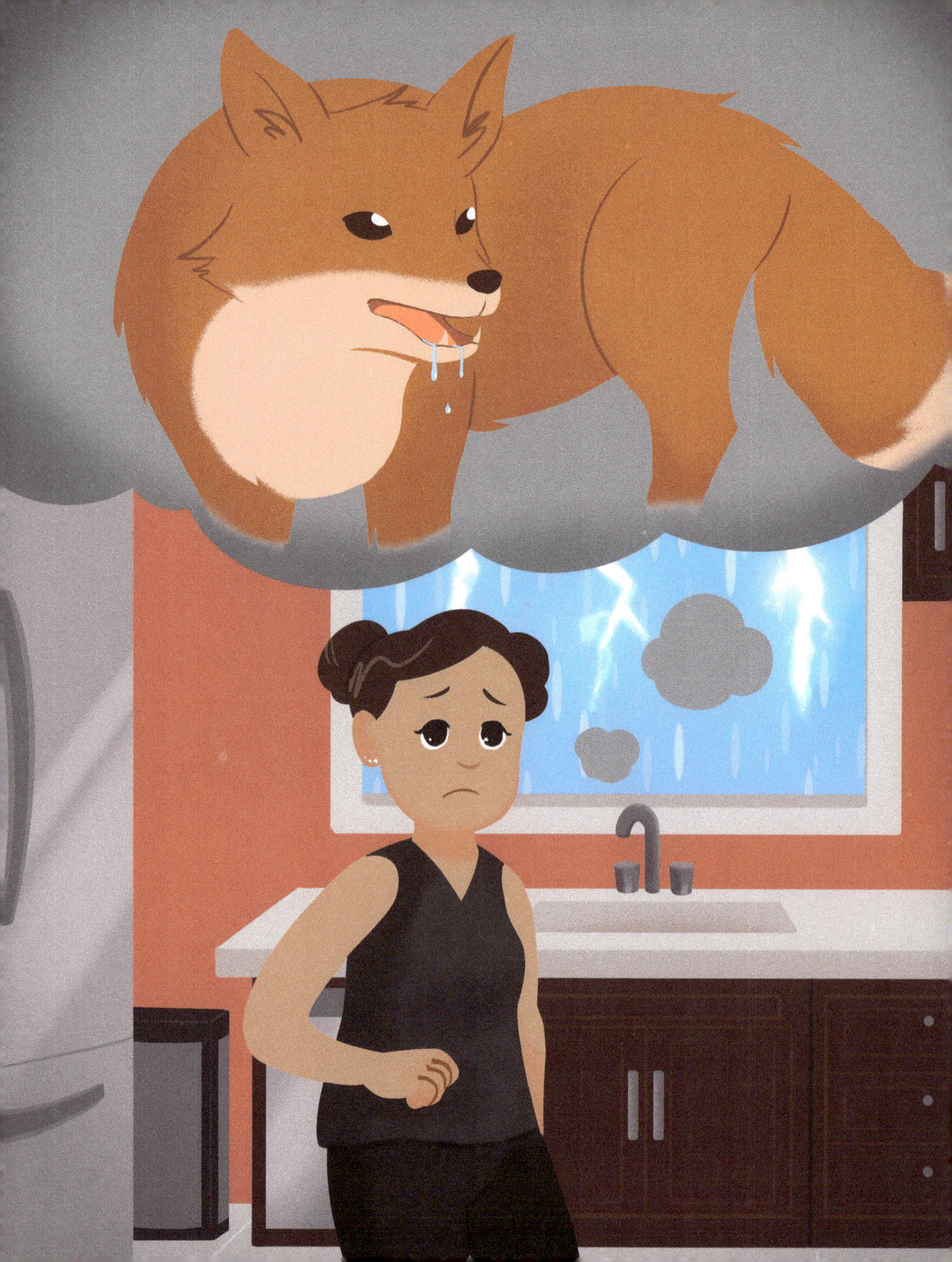

The little old lady and the little old man explained how difficult it had been for them to bake him, especially after having lost their first gingerbread boy to the cruel and cunning fox. The gingerbread boy did not know that they had been trying to bake a gingerbread brother for several years and that each time, the insatiable fox had come along and eaten the gingerbread dough right before it even made it to the oven! Still, the gingerbread boy begged and begged for a gingerbread brother to play with. He didn't understand that the little old lady was out of eggs and that baking another gingerbread boy without help was a nearly impossible feat.

La viejita y el viejito le explicaron lo difícil que había sido para ellos hornearlo, especialmente después de haber perdido a su primer niño de jengibre a manos del cruel y astuto zorro. El niño de pan de jengibre no sabía que habían estado intentando hornear un hermanito de pan de jengibre durante varios años y que cada vez, el zorro insaciable había venido y se había comido la masa de pan de jengibre justo antes de que llegara al horno. Aun así, el niño de pan de jengibre rogó y suplicó por un hermano de pan de jengibre con quien jugar. No entendía que la viejita se había quedado sin huevos y que hornear a otro niño de jengibre sin ayuda era una hazaña casi imposible.

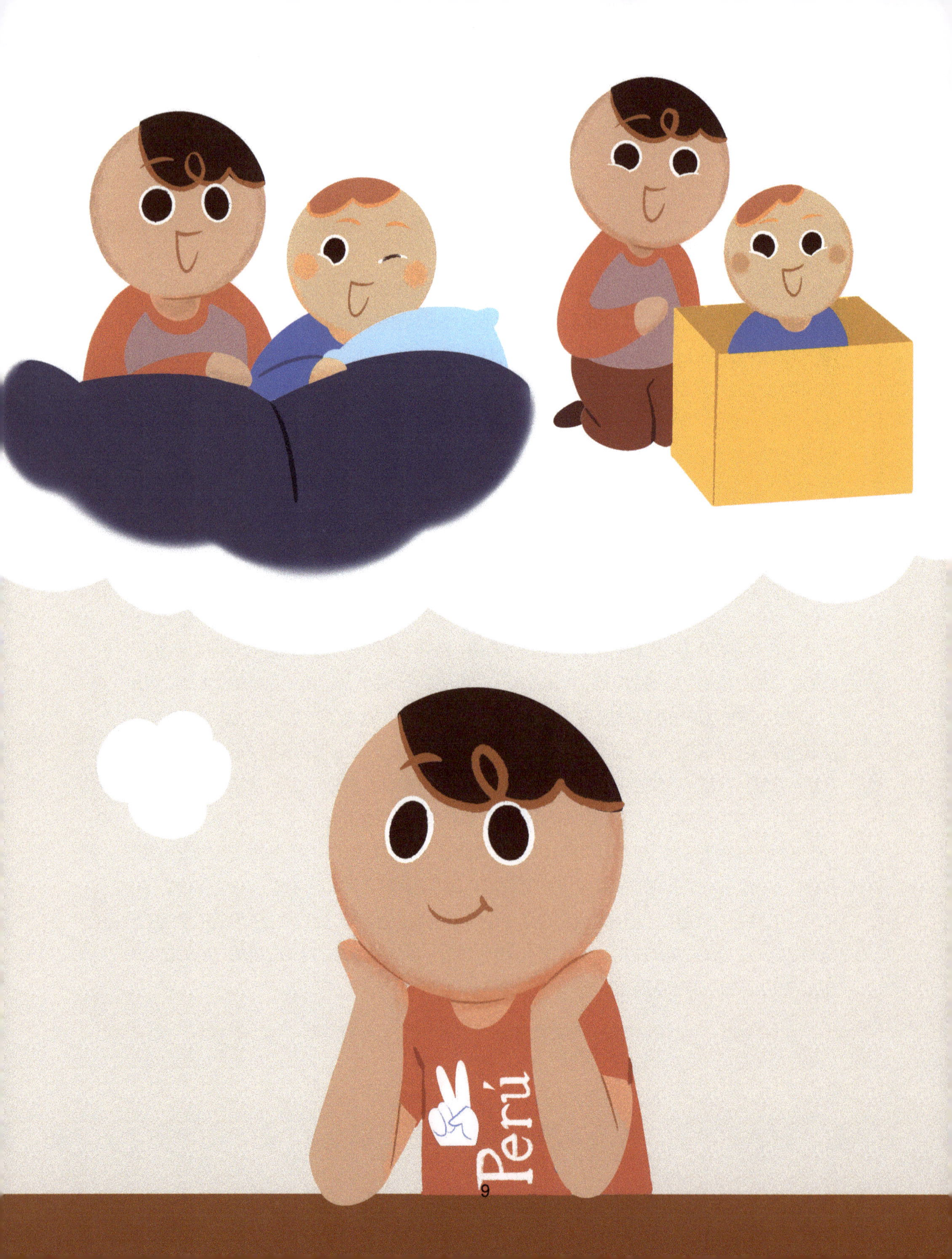
Perú

Day and night, the gingerbread boy dreamed about sharing sweet moments with his gingerbread brother.

Día y noche, el niño de pan de jengibre soñaba con disfrutar de dulces momentos con su hermanito de pan de jengibre.

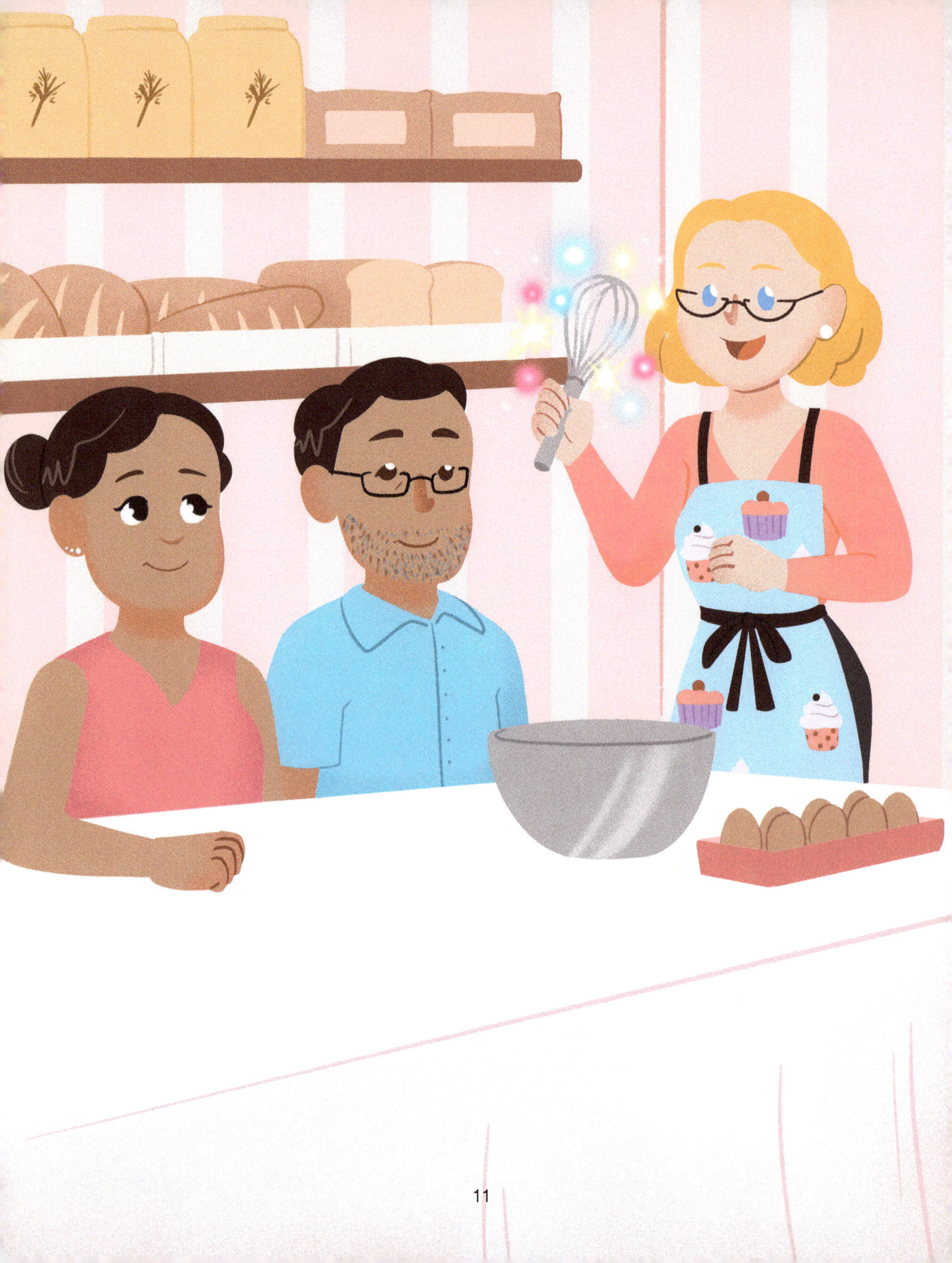

The little old lady and the little old man thought and thought. Determined, they decided to consult a professional baker. The baker said not to worry. She even had a refrigerator full of eggs that had been shared with her for these special cases. The professional baker had the little old lady and the little old man carefully pick out the healthiest egg they wanted to use.

La viejita y el viejito pensaron y pensaron. Decididos, consultaron a una panadera profesional. La panadera dijo que no se preocuparan. Incluso tenía un refrigerador lleno de huevos que habían compartido con ella para estos casos especiales. La panadera le pidió a la viejita y el viejito que eligieran cuidadosamente el huevo más sano que pudieran encontrar.

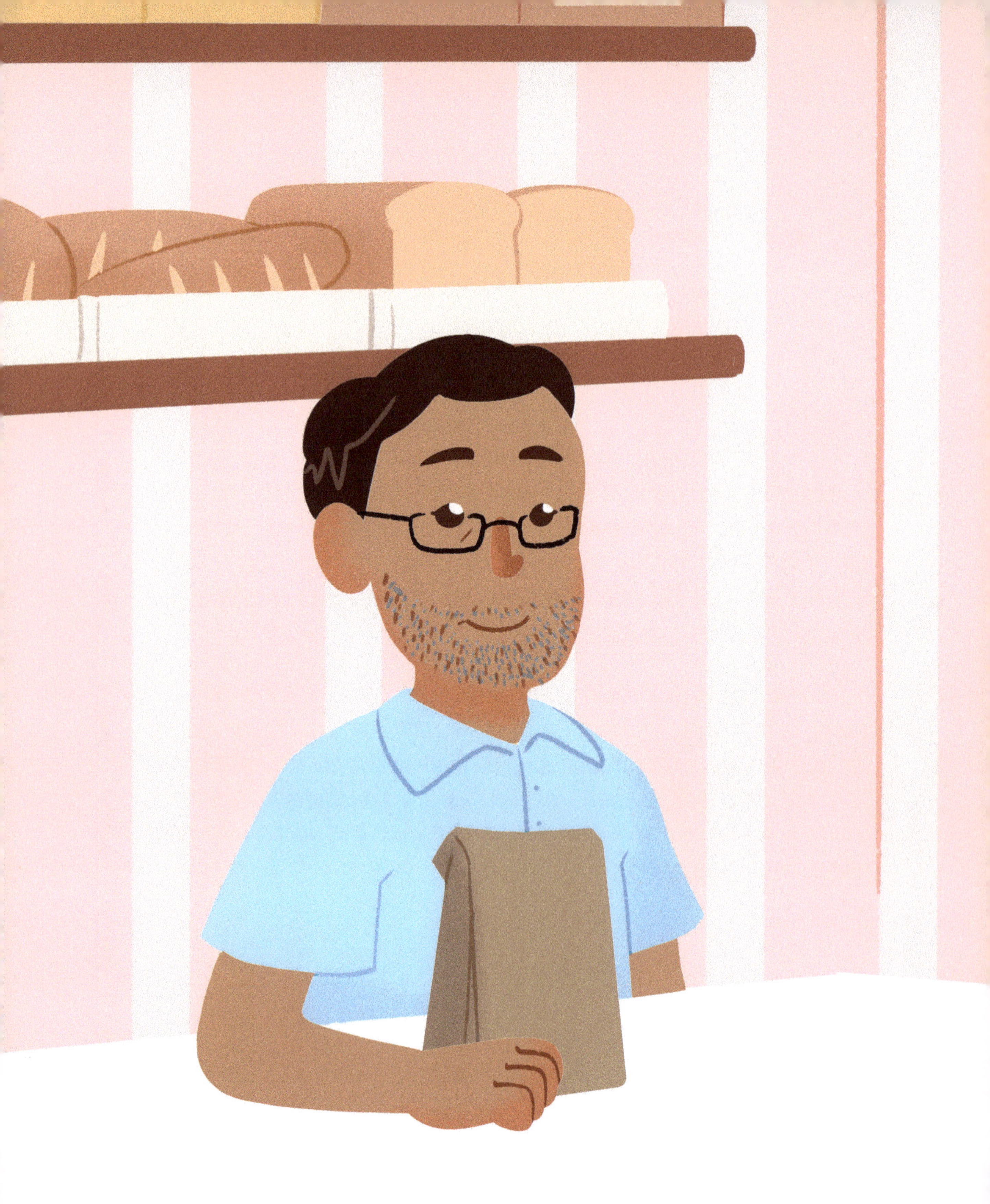

Then she had them bring the rest of their special ingredients so she could prepare the extraordinary mix. When the dough was ready and with a wave of her magic whisk, the professional baker delicately teleported it into the little old woman's oven. She didn't even need to shape the dough!

Luego, les pidió que trajeran el resto de sus ingredientes especiales para que ella pudiera preparar la mezcla extraordinaria. Cuando la masa estuvo lista y con un movimiento de su batidor mágico, la panadera profesional la teletransportó delicadamente al horno de la viejita. ¡Ni siquiera necesitó darle forma a la masa!

15

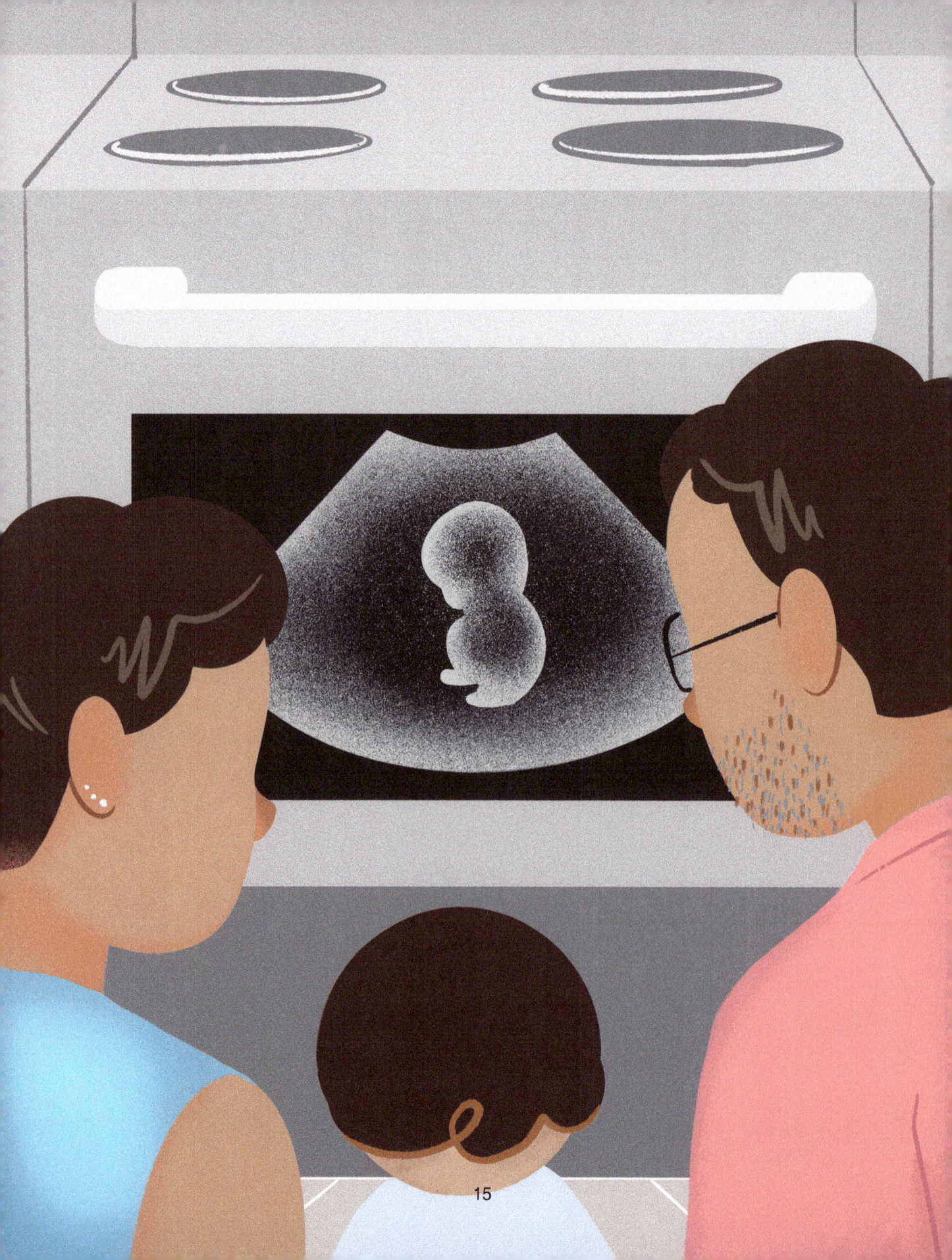

Back home, the little old lady, the little old man, and the gingerbread boy anxiously waited for what seemed like months for the gingerbread brother's arrival. They knew they couldn't open the oven door too early, and they were ready to catch him if he tried to run away.

The time finally came, and the professional baker brought a team of more highly skilled bakers to be sure everything was just right. One morning, while the gingerbread boy was at school, they pulled the gingerbread baby out of the oven together.

Ya en casa, la viejita, el viejito y el niño de pan de jengibre esperaron ansiosamente durante lo que parecieron meses para la llegada del hermanito de jengibre. Sabían que no podían abrir la puerta del horno demasiado pronto y estaban listos para atraparlo si intentaba huir.

Finalmente, llegó el momento y la panadera profesional trajo un equipo de panaderos altamente calificados para asegurarse de que todo estuviera bien. Una mañana, mientras el niño de jengibre estaba en la escuela, sacaron juntos al hermanito de jengibre del horno.

17

The little old lady and the little old man watched in awe as the bakers weighed and measured the ten-pound gingerbread brother! He had the chubbiest cheeks and a smile that lit up the entire home.

¡La viejita y el viejito observaron con asombro cómo los panaderos pesaban y medían al hermanito de pan de jengibre de 10 libras! Tenía los cachetes tan gorditos y una sonrisa que iluminaba todo el hogar.

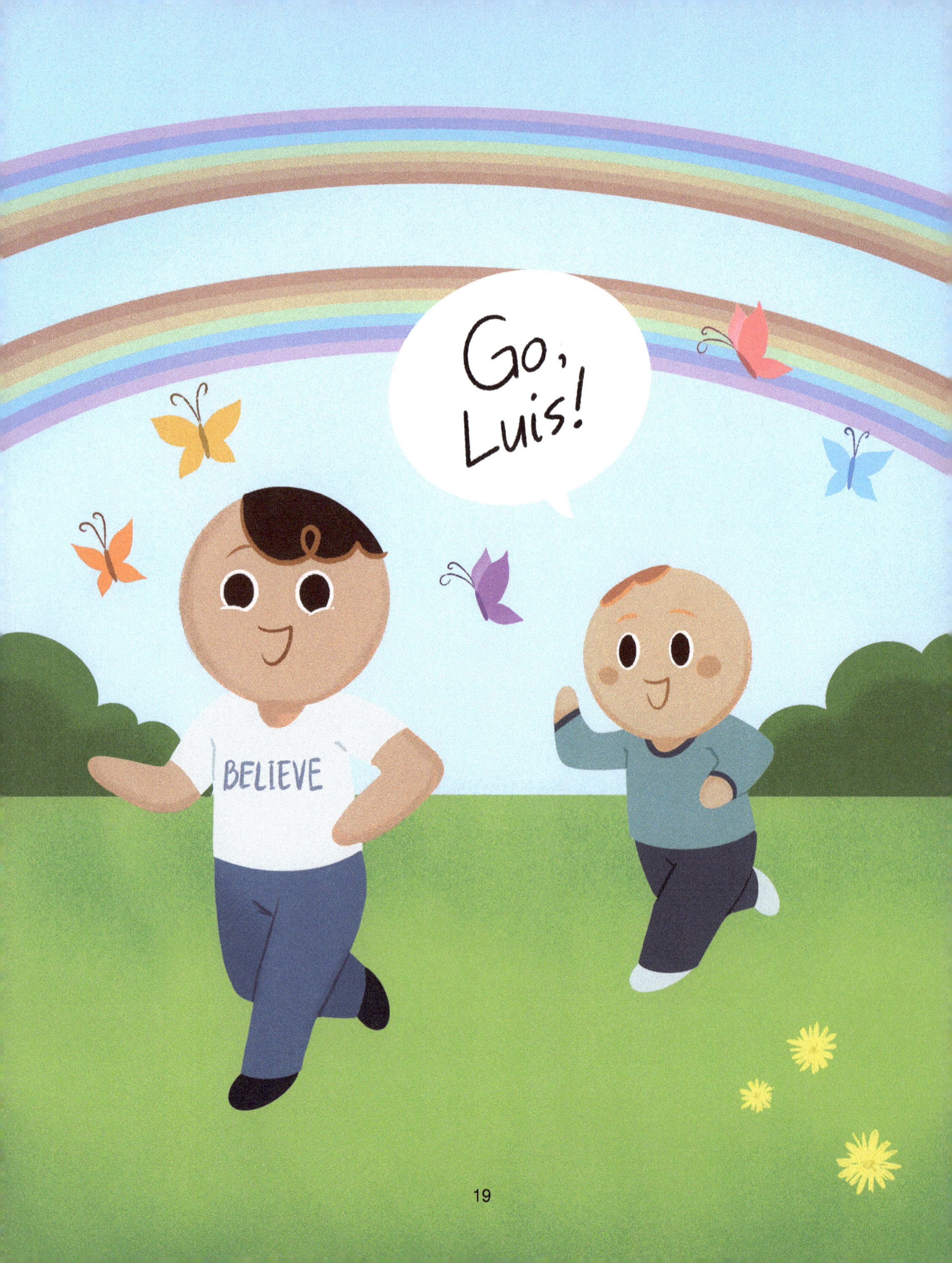
Go, Luis!
BELIEVE

Now the gingerbread family was complete. The little old lady and the little old man smiled and held hands as they watched the gingerbread brothers giggling and running around together.

Ahora, la familia de pan de jengibre estaba completa. La viejita y el viejito sonrieron y se tomaron de la mano mientras miraban a los hermanitos de jengibre reír y correr juntos.

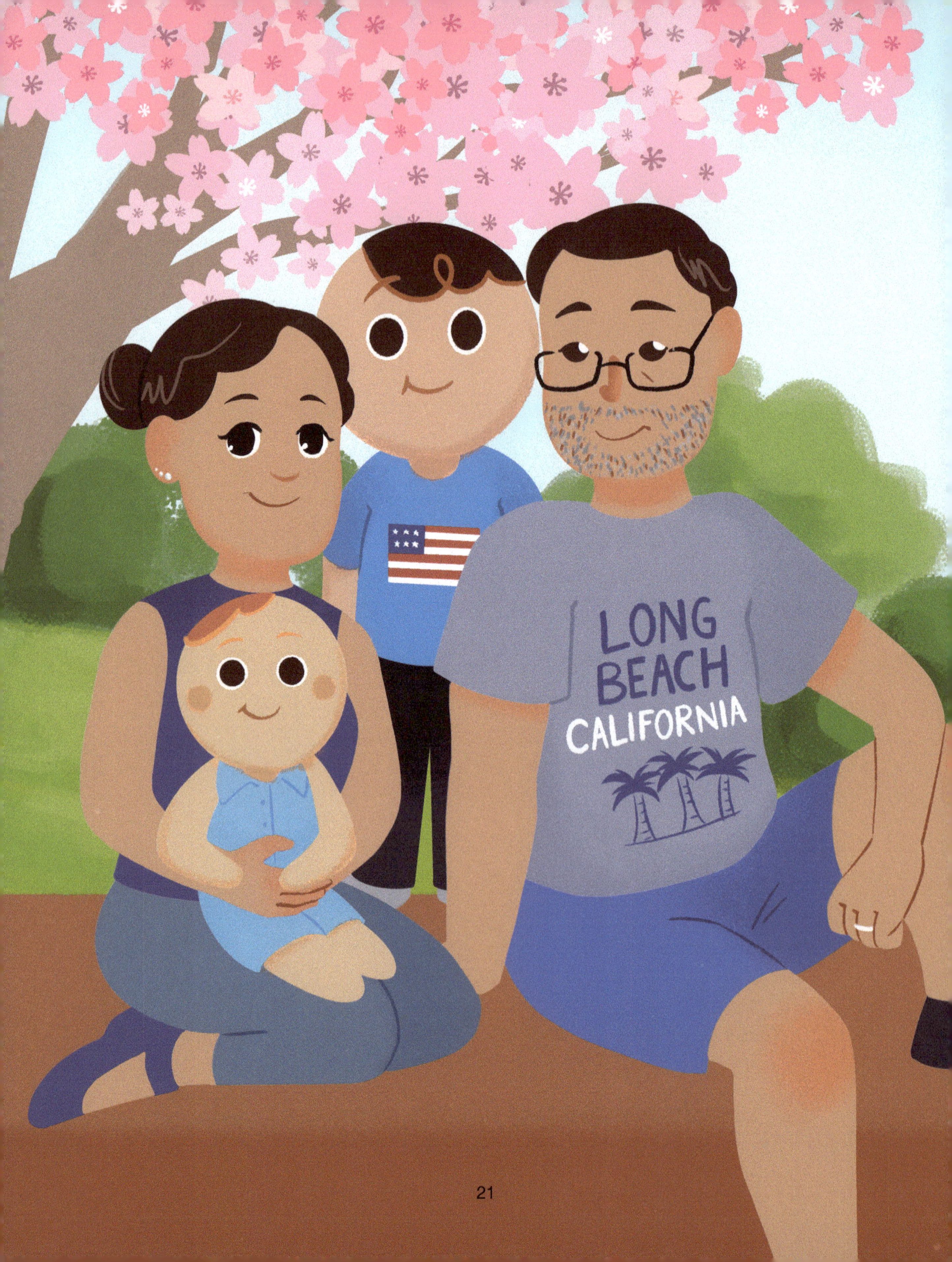
LONG
BEACH
CALIFORNIA

About the Author

Carmen Soriano-Garcia is a devoted wife and beaming mother of two darling boys who inspired her to write this story. She is also an elementary school teacher who specializes in teaching English to students of various cultures, languages, and beliefs.

Honored to be the mother of a donor-conceived child, she is a firm believer in transparency and encourages sharing information about the extraordinary beginnings of IVF and donor-conceived children early on.

To promote respect, awareness, and understanding, Carmen Soriano-Garcia hopes that this tale will open the door and help ease you into those difficult, yet necessary conversations.

Acerca de la Autora

Carmen Soriano-García es una esposa devota y una madre radiante de orgullo por sus dos hijos muy queridos que la inspiraron a escribir esta historia. También es maestra de escuela primaria que se especializa en enseñar inglés a estudiantes de diversas culturas, idiomas y creencias.

Honrada de ser la madre de un niño concebido por donante, cree firmemente en la transparencia y alienta a compartir información, desde el principio, sobre los extraordinarios comienzos de la FIV y los niños concebidos por donantes.

Para promover el respeto, la conciencia y la comprensión, Carmen Soriano-García espera que este cuento les abra la puerta y les ayude a facilitar esas conversaciones difíciles, pero necesarias.